图书在版编目（CIP）数据

森林播报员 / 肖定丽文；钟彧图.
——上海：上海教育出版社，2018.4
（看图说话绘本馆. 林中好朋友系列）
ISBN 978-7-5444-8328-5

Ⅰ.①森… Ⅱ.①肖…②钟… Ⅲ.①儿童故
事 – 图画故事 – 中国 – 当代 Ⅳ.① I287.8

中国版本图书馆 CIP 数据核字 (2018)
第 068607 号

看图说话绘本馆·林中好朋友系列
森林播报员

作　　者　　肖定丽/文　钟彧/图
责任编辑　　李莉
美术编辑　　王慧　赖玟伊

出版发行　上海教育出版社有限公司
官　　网　www.seph.com.cn
地　　址　上海市永福路 123 号
邮　　编　200031
印　　刷　上海盛通时代印刷有限公司

开　本　787×1092　1/24　印张 1
版　次　2018 年 4 月第 1 版
印　次　2018 年 4 月第 1 次印刷
书　号　ISBN 978-7-5444-8328-5 / I.0112
定　价　18.00 元

如发现质量问题，请向本社调换　电话 021-64377165

林中好朋友系列

森林播报员

肖定丽/文　钟　彧/图

上海教育出版社
SHANGHAI EDUCATIONAL
PUBLISHING HOUSE

绿森林真是大极了，每天都在发生不同的事情，得有个人告诉大家。于是，就有了森林播报员——快嘴乌鸦。

小熊和小狐一直想见见这个播报员。

　　"如果她不播报我们的消息，就不是个好播报员。我们最好弄出点动静，让她知道。"小熊说。

　　"我们在这里！我是小狐！"小狐在森林里蹦着跳着喊。

"光是蹦啊跳的不行。"小熊想了个主意，"我们要在森林里闹出个新闻，快嘴乌鸦就会播报我们了。"

　　"好，我们来闹吧！"小狐同意。

"我们去啃松果吧？" 小熊说。
"那很难吃！"
"难吃才是新闻。"
小狐爬到树上摘松果。

小熊和小狐嚼着松果，时不时地看看头顶上方。
他们的嘴里又苦又涩，松果嚼碎了一地。
快嘴乌鸦没有来。

"我们用后背走路！"小熊想出了新招。

小熊和小狐后背贴着地，脚跟蹬地往前走。这样做可不好受，地上的枯松针很扎人。

快嘴乌鸦没有来。

小熊和小狐还不停地转圈，直到把绿森林都转得发晕，把头顶上的天都转歪了。

快嘴乌鸦还是没有来。

"现在我们还能做什么呢？"小狐问。

"什么也不做了。"小熊泄气地说。

他们俩站在那儿喘着粗气，浑身上下散发着松香。

"不如我们坐下来聊天吧，我很累了。"小熊说。

"我也累了。"

小熊跟小狐一同坐下来。

这时，头顶响起一个声音："啊呵呵，小狐跟小熊在聊天！""啊呵呵，小熊也在跟小狐聊天！"

小熊和小狐抬起头来的时候，一个黑影正消失在森林的上空。

小狐和小熊很兴奋，刚刚飞过的正是快嘴乌鸦！

"她播报得很对，我的确每天都跟你聊天。"

"没错，我也每天都和你聊天。"

小狐和小熊感到很开心，他们都喜欢上了快嘴乌鸦。

通往大自然的纯真故事

"林中好朋友"系列绘本创作手记

肖定丽

我为什么写"林中好朋友"系列绘本呢？

我喜欢山林。在山林里，每吸一口气，都带着花香，混和着青草的气息，能品咂出泉水的甘甜；沿着山路行走，泉水会一路伴奏，叮咚，哗啦，汩汩……我称它为"伴走音乐"；还有黑蝴蝶、绿蚂蚱、花背甲壳虫在旁边跳舞。一阵风吹来，森林里树叶的碰撞声、鸟鸣声、水滴的滑落声，组成了一个立体的、巨大的音乐盒，我叫它"绿森林音乐盒"。在山林里，我遇见过许多神奇的动物和植物，还在山路当中半人高的地方，发现一朵洁白的云，梦想着把它抱回家，让它与我作伴。可是，当我伸手要去抱它的时候，那朵云倏地消失不见了。虽然这朵云飘走了，但它迷人的模样却留了下来，永远飘浮在我的记忆中。

在那样的山林里，我脑海里会产生许许多多的奇妙幻想，眼睛看不够，耳朵听不完，各种各样的想象，各式各样的故事，争着抢着往外蹦。这些全跟神奇有关，跟美好有关，跟善良有关。宁静，和谐，自由，我看见的都是世界最初的样子，都是最自然的流露。于是，"林中好朋友"的系列故事，就像山泉一样，叮咚，哗啦，汩汩地流淌出来。

我希望，通过小熊、小狐、棉尾兔……这些林中好朋友纯真的故事，孩子们能在奇妙的大自然中相遇，找寻友爱的密码，播种幸福的种子，获得快乐。

肖定丽

中国作家协会会员。出版童话《嘀丽和魔力兔》《小狮子毛尔冬》《芝麻巨人》等，作品获中宣部"五个一工程奖"、第五届国家图书奖、第六届全国优秀少儿图书奖、冰心儿童文学奖、冰心图书奖等几十个奖项。

钟 彧

1985年生于杭州，自幼爱好涂画。2007年毕业于浙江工商大学生物工程专业，毕业后开始从事插图和绘本创作。主要绘本作品有《亲亲小草莓》系列婴儿绘本、《我依然爱你》《大大的，小小的》《大纸箱》（HarperCollins UK出版社）《妈妈，我要去旅行》《宁宁是一棵树》《田鼠卖花》《小熊和小狐》系列童书等。绘画之外的兴趣是饲养动物和吃东西。